HENRY DUBELLAY

RIMES
BUISSONNIÈRES

> Celuy qui a de l'amoureux breuvage
> Gousté, mal sain, le poison doux amer,
> Cognoit son mal, et contraint de l'aymer,
> Suit le lien qui le tient en servage.
> Pour ce me plaist la douce poësie,
> Et le doux traict par qui je fus blessé ;
> Dès le berceau, la Muse m'a laissé
> Cet aiguillon dedans la fantaisie.
>
> Joachim DUBELLAY

PARIS
POULET-MALASSIS ET DE BROISE
LIBRAIRES-ÉDITEURS
9, rue des Beaux-Arts

1859

RIMES BUISSONNIÈRES

Alençon, Imp. de Poulet-Malassis et De Broise.

HENRY DUBELLAY

RIMES BUISSONNIÈRES

Celuy qui a de l'amoureux breuvage
Gousté, mal sain, le poison doux amer,
Cognoit son mal, et contraint de l'aymer,
Suit le lien qui le tient en servage.
Pour ce me plaist la douce poësie,
Et le doux traict par qui je fus blessé ;
Dès le berceau, la Muse m'a laissé
Cet aiguillon dedans la fantaisie.

Joachim DUBELLAY.

PARIS
POULET-MALASSIS ET DE BROISE
LIBRAIRES-ÉDITEURS
9, rue des Beaux-Arts
1858

A MES AMIS

Pauca paucis.

Octobre 1858

I

A LA MUSE

O Muse de la jeunesse,
Qui vas chantant aux échos
Tous les poèmes éclos
Des baisers d'une maîtresse ;

Provoquante enchanteresse,
Versant l'amour à grands flots,
Et, de tes joyeux grelots,
Chassant l'ennui qui nous presse ;

Bientôt, oiseau passager,
Déployant tes ailes roses,
Tu fuiras d'un vol léger;

Mais, avant les jours moroses,
Profitons de nos beaux jours !
Aimons ! Chantons nos amours !

II

LA NUIT

LORSQU'A son front la Nuit sereine
Met son diadême étoilé,
Et que la lune, pâle reine,
Rayonne d'un éclat voilé ;

C'est l'heure où l'âme délaissée,
Libre des souffrances du jour,
Se recueille et s'endort bercée
De rêves parfumés d'amour ;

C'est l'heure pleine de mystère
Où tout reste silencieux ;
C'est l'heure sublime où la terre
Se tait pour écouter les cieux !

⊖⊖

III

PAQUERETTE

Avez-vous connu Pâquerette,
Que l'autre jour on enterra ?.....
Si ce n'est moi qui la regrette,
Nul peut-être n'y songera.

Pourtant elle était bien jolie,
Quand, dénouant ses cheveux blonds,
La Valse, enivrante folie,
L'entrainait dans ses tourbillons.

Joyeuse fille de Bohême,
Venue un jour, on ne sait d'où,
Elle avait la beauté suprême,
Qui du plus sage fait un fou.

L'avez-vous vue un soir d'orgie,
Le corps sur un sopha ployé,
La lèvre par le vin rougie,
Et l'œil noir d'ivresse noyé ;

Montrant l'écrin de ses dents blanches ;
Ou, de volupté frissonnant,
Les seins nus et cambrant les hanches,
Aux étreintes s'abandonnant !

Sa jeunesse fut une fête ;
Partout de roses horizons !
Plaisir au cœur, fleurs à la tête !
A la bouche rire et chansons !

Elle était jeune, elle était belle ;
On jurait de l'aimer toujours.
La pauvre fille pouvait-elle
Déjà songer aux mauvais jours ?

Elle vieillit ; elle fut laide ;
— Antique histoire, en vérité ! —
Aucun n'accourut à son aide
Des courtisans de sa beauté.

La misère alors est venue ;
Le froid, la faim... Retour fatal !
Elle est morte, seule, inconnue,
Sur un grabat, à l'hôpital !

Heureuse encor la pécheresse
Que grisait son printemps fleuri,
Dont la solitaire vieillesse
Trouve à l'hôpital un abri.

C'est là qu'est morte Pâquerette
Que l'autre jour on enterra.
Si ce n'est moi qui la regrette,
Nul peut-être n'y songera.

IV

C'ÉTAIT ÉCRIT !

I

A quoi bon répéter ma plainte monotone,
Si mes illusions, pauvres feuilles d'automne,
Tombant l'une après l'une, aujourd'hui triste et seul,
Cousu dans mon ennui, comme dans un linceul,
Je marche, aveugle errant, trébuchant sur la route,
Jeune homme de vingt ans, fait vieillard par le doute !
J'ai perdu le courage ayant perdu la foi ;
Et la réalité m'a broyé. C'est la loi !

II

Parfois, dans une fête élégante et dorée,
Je conduis fièrement ma misère parée ;
Là, du rouge au visage et masquant mes douleurs
J'étourdis ma souffrance et dévore mes pleurs.
Et nul n'a deviné que je jouais un rôle ;
Que mon rire était faux, et que chaque parole
Joyeuse, sur mon cœur frissonnant, éperdu,
Goutte à goutte, tombait comme du plomb fondu !

III

Tais-toi donc, fou ! Qu'importe à la foule? Qu'importe
Aux heureux, aux puissants, ton espérance morte?
Que le présent grimace un sourire railleur ?
Que tu n'attendes plus un lendemain meilleur?

IV

Et pourtant l'avenir, rayonnant de promesses,
M'offrait tous les bonheurs et toutes les ivresses :
La gloire à mon orgueil, l'or à ma pauvreté
Et l'amour à mon cœur. C'était, en vérité,
Trop beau ! Mais, insensé, j'y croyais. O mes rêves
Mes beaux rêves d'enfant, le soir, le long des grèves,
Quand l'espoir me chantait son hymne triomphant,
Pourquoi m'avoir trompé, mes beaux rêves d'enfant !

V

Fatalité ! sombre mystère,
Mot désolant, pensée amère,
Sourd ricanement de damné !
A subir ton joug misérable,
L'homme, ô Destin inexorable,
N'est-il pas toujours condamné !

Clef de voûte du ciel antique,
Fatum ! Divinité mystique,
Sur l'autel on t'a replacé !
Seul Dieu du scepticisme immonde,
Tu règnes toujours sur le monde,
O vieille Idole du passé !

V

CHANSON DE MIGNON

Connais-tu la contrée où le citron fleurit?
Où brillent les fruits d'or dans le feuillage sombre ,
Où souffle un vent plus doux , où le ciel bleu sourit,
Où naissent l'humble myrte et le laurier plein d'ombre ?

La connais-tu ? — C'est là, sous ce ciel embaumé,
Qu'avec toi je voudrais aller, mon bien-aimé !

Connais-tu le palais dont le dôme étincelle,
Où des vierges de marbre, aux yeux pleins de douceur,
Me disent en pleurant : En ces lieux qui t'appelle ?
Dans ce riche séjour que veux-tu, pauvre sœur ?

Le connais-tu? —C'est-là, dans ce palais immense,
Qu'avec toi je voudrais vivre, ô ma Providence !

Connais-tu la montagne aux cimes de granit ?
Le mulet marche à peine aveuglé par la brume ;
Dans les flancs des rochers les dragons ont leur nid ;
Et le torrent mugit, lançant des flots d'écume.

Connais-tu, connais-tu la montagne ? — Ta main,
O mon père, partons ! C'est là notre chemin !

VI

POUR LES PAUVRES !

En ce temps-là, les Juifs, comme il était écrit,
Vinrent trouver celui qu'on appelait le Christ.
« Maître, lui dirent-ils, comment pouvons-nous plaire
Au Seigneur et comment désarmer sa colère ?
Devons-nous dans le temple, à genoux, frémissants,
Couverts de cendre, offrir la prière et l'encens ?
Faut-il un sacrifice et des jeûnes austères ?... »

Jésus leur répondit : « Riches, aimez vos frères !
Protégez le vieillard, la veuve et l'orphelin ;

Couvrez ceux qui sont nus de tuniques de lin.
Que votre porte s'ouvre aux pauvres à toute heure !
Soignez celui qui souffre ; aidez celui qui pleure.
Donnez du pain à ceux qui n'ont ni pain ni feu,
Et vous irez, élus, à la droite de Dieu ! »

Ce que disait Jésus, aujourd'hui vous le faites !
En bonnes actions vous semez votre argent.
Vos plaisirs sont encor des vertus, et vos fêtes
Sont des fêtes pour l'indigent !

Charité ! Charité bénie !
Mère ineffable ! doux génie !
Qu'on n'implore jamais en vain ;
Charité, sublime mystère !
Legs suprême fait à la terre,
Ecrit avec le sang divin !

Ta parole sainte et féconde,
En retentissant dans le monde,

Réveille dans son froid tombeau
L'Égoïsme, comme Lazare
Que le Christ à la mort avare
Arrachait plus jeune et plus beau !

Merci ! vous qui venez, avec l'an qui commence,
Par un nouveau bienfait marquer un nouveau pas.
Merci ! riches, merci ! La misère est immense ;
Mais votre charité ne grandit-elle pas !

Sans se laisser jamais abattre par l'orage,
A tous les malheureux elle apporte son don.
Sa voix, qui chante au pauvre : Espérance et Courage !
Murmure au criminel : Repentir et Pardon !

Elle guérit les cœurs ulcérés par l'envie.
Toujours discrète et tendre, elle aime à secourir
L'enfant dans son berceau, fleur éclose à la vie,
L'aïeul en cheveux blancs, qui va bientôt mourir.

La faim sombre, à l'œil fauve, a des conseils infâmes ;
Le vice est là, guettant la vierge qui s'endort.
Donnez, et vous pourrez sauver, ô nobles femmes,
Son honneur avec un peu d'or !

Donnez à tous sans voir la secte ou la patrie ;
Donnez à l'étranger, au pauvre du chemin,
A celui qui maudit comme à celui qui prie !
Ah ! Donnez à celui qui ne tend pas la main !

Donnez ! Donnez toujours ! Dieu vous voit de son trône.
Versez votre moisson d'aumônes chaque jour ;
Et lorsque vous aurez épuisé votre aumône,
Donnez encor vos cœurs et donnez votre amour !

VII

SURSUM CORDA !

Elle me regardait. A mon front abattu
Elle mit un baiser, en me disant : « Qu'as-tu ?

Croyais-tu donc, enfant, que la gloire se donne ?
Prêteur avare, Dieu la mesure aux douleurs.
Le génie est sacré du baptême des pleurs.
La souffrance grandit et le malheur couronne.
Vois ! A ces fronts élus, où la gloire rayonne,
Plus d'une épine aiguë a saigné sous les fleurs.

Sais-tu ce qu'ont payé leur peu de renommée
Tous ceux que ton orgueil envie en frémissant ?
Sans trêve, ils ont lutté dans l'arène enflammée.
Au feu des passions leur âme est consumée.
Au monde ils ont vendu le meilleur de leur sang.
Ils ont brisé leur cœur pour l'offrir au passant.
Un long calvaire fut leur route accoutumée,
Mais l'Immortalité sur leur gibet descend ! »

VIII

L'IDÉAL

L'idéal, enfant, c'est l'étoile
Qu'un captif voit de sa prison.
C'est la petite et blanche voile,
Qui disparaît à l'horizon.

C'est la voix, montant des falaises,
Que le cœur écoute en rêvant,
Lorsque frissonnent les mélèzes,
Le soir, aux chauds baisers du vent.

C'est l'oiseau libre dans l'espace ;
C'est le nuage qui s'enfuit ;
C'est le flot rapide qui passe ;
C'est la fée envolée au bruit.

C'est la fraîche fleur qui se fane
Dès qu'on y veut porter la main,
Et c'est le rêve diaphane ;
C'était hier, et c'est demain !

C'est l'ombre que poursuit, avide,
Le Désir, marcheur éternel ;
C'est l'amour dont notre âme est vide ;
Enfant, c'est le secret du ciel !

IX

HANNETON VOLE !

Ils étaient trois bambins, fronts bouclés, lèvres roses,
Sur le gazon couchés et riant au soleil,
Regardant ondoyer, dans un rayon vermeil,
Les caprices changeants de leurs gaietés écloses.

O les méchants enfants ! espiègles et hardis,
Ils avaient fui l'école et la cloche fêlée.
Est-ce un grand crime, aux jours d'avril, où, voix ailée,
Le hanneton bourdonne aux rameaux reverdis?

2

Ils avaient pris l'insecte, et, tourmenteurs superbes,
S'amusaient à presser son vol captif et vain,
S'il essayait parfois de se poser aux herbes.
Et puis c'étaient des cris et des éclats sans fin !

Enfants, quand vous serez grands, la Femme au cœur lâche
Enchaînera votre âme à son lien subtil,
Et la fera voler, à son tour, sans relâche,
Pauvre insecte amoureux attaché par un fil.

X

A JOACHIM DUBELLAY

O Joachim Dubellay qui soupires
Si gentiment tes tourments langoureux ;
Et qui, pesant le destin des empires,
De ta patrie es toujours amoureux ;

Toi, dont la main savante au chant des lyres,
A, sans effort, du sonnet rigoureux
Dompté l'orgueil et les jeunes délires,
Tendre poète et lutteur vigoureux,

Comme à tes jeux, souple, obéit le Mètre !
J'admire encor ta grâce, ô mon vieux maître !
Ton charme exquis et ton doux nonchaloir.

Humble ouvrier, cherchant la Gloire ailée,
Hors le talent, j'aurai le bon vouloir ;
Apprends-moi l'art de l'œuvre ciselée !

XI

PAYSAGE

Le long d'un fleuve aux eaux rapides,
Dans les prés verts, de grands bœufs roux
Ruminent paisibles, stupides,
A l'ombre du saule et du houx.

Blanche et proprette, une chaumière
Est nichée au coin du tableau;
Et son toit, baigné de lumière,
Se mire dans le clair de l'eau.

Un duo d'amoureux s'égaie,
Et piquant leurs doigts jusqu'au sang,
S'embrasse par dessus la haie,
Tandis que le père est absent.

Des monts labourés de tempêtes,
Enserrant de leurs rocs hautains
Le val, hérissent leurs arêtes
Grisâtres sur les bleus lointains.

La cloche de la pauvre église,
Tinte son long gémissement ;
De la vierge à l'époux promise,
Le convoi passe lentement.

La Nature, auteur de génie,
Ainsi place dans son décor
Le désordre avec l'harmonie
Et la vie auprès de la mort.

XII

LE COIN DU FEU

Parfois en tisonnant au coin du feu, je songe
A ce qui m'est gardé par Dieu dans l'avenir,
Et mon esprit caresse un gracieux mensonge
De fortune, de gloire et d'amour à venir.

Mon rêve, qui toujours embelli se prolonge,
Embaumé des parfums qu'exhale un souvenir,
S'égaie à la pensée, où mon âme se plonge,
Que ce bonheur passé peut encor revenir.

Ainsi je rêve amour, renommée et fortune,
Tandis qu'en tournoyant la fumée importune
S'envole du foyer en beau nuage bleu ;

Et quand je me réveille, amour et renommée,
Richesse, tout s'enfuit, folle et vaine fumée !
Adieu, flocons légers ! ô mes rêves, adieu !

XIII

CARNAVAL

Du bruit, tambour de basque,
Amant,
Ronfle ton air fantasque
Charmant.

Je te connais, beau masque !
— Comment ? —
Qui cours ici la frasque.
— Vraiment ! —

Me seras-tu rebelle,
La belle ?
Plaisir, prends ton grelot !

A flot,
Le champagne ruiselle.
Galop !

XIV

RÉALISME

Au milieu de la ville, un bouge
Ouvre son portail grimaçant.
Sur sa face verte, un feu rouge
Clignotte, le soir, au passant.

Cette maison est un repaire
De filles de joie et d'escrocs.
Là, le vice a bâti son aire ;
Là, le crime aiguise ses crocs.

Comme une vile entremetteuse,
Qui fait le guet au carrefour,
Elle a peur et se taît honteuse,
Et se cache, orfraie, au grand jour.

Avec la nuit, sinistre phare,
S'allumant joyeux, le tripot,
Au premier venu, sans fanfare,
Offre un lit, une fille, un pot.

Pas un astre au ciel gris qui pleure
Et pas un ivrogne aux pavés !
Le brouillard est épais. C'est l'heure !
Qui veut des plaisirs dépravés !

Vous faut-il la débauche étrange ?
C'est là son temple et son berceau !
Qui veut se vautrer dans la fange ?
Allons ! Qui veut boire au ruisseau ?

La porte a vomi, dans un râle,
Une fille aux atours prôneurs,
Femelle à la quête d'un mâle,
Racoleuse de déshonneurs !

Comme elle trotte dans la boue !
Pour plaire aux amants inconnus,
Elle a badigeonné sa joue ;
Ses yeux sont peints et ses seins nus.

Oh ! par la Vénus courtisane !
La belle fille, en vérité !
Hardiment elle se pavane,
Fière de sa lubricité !

Arrière la pudeur bégueule !
Un homme s'approche en grondant,
Cravate au vent, pipe à la gueule,
Roulant dans l'ombre un œil ardent.

Parlant bas, le couple sordide
Dans un angle obscur s'est blotti.
Tout à coup l'antre, monstre avide,
L'a, comme une proie, englouti.

Puis, le vent jette à mon oreille
Un bruit d'écus, de pots brisés,
Des hoquets et des cris de vieille,
Des jurements et des baisers.

XV

PIPEAUX RUSTIQUES

J'ACHETERAIS, si j'étais riche,
Près de la Rille au flot jaseur,
Un lot de bruyères en friche,
Et je me ferais laboureur.

Ni trop prodigue, ni trop chiche,
A tous je dirais de bon cœur :
Voici le vin, voici la miche!
Mangez et buvez du meilleur !

Le soir, au seuil de ma chaumière,
Je remercierais Dieu le Père
De vivre heureux, libre, oublié ;

Et si je trouvais fille sage,
Les paysans de mon village
Crieraient : longs jours au marié !

XVI

VÉNUS

Dans le bois ruisselant de perles,
Que la nuit égrène en riant,
Fauvettes, rossignols et merles
Sifflent leur concerto brillant.

Au-dessus des grappes fleuries
Des lilas et des amandiers,
Le ruisseau dit ses causeries
A l'herbe verte des sentiers.

Les fleurs ont refermé leurs urnes
Que chiffonnent les papillons.
L'haleine des brises nocturnes
Vole dans l'air plein de rayons.

De frissons inconnus, les marbres
Tressaillent sur leurs socs tremblants,
Et cachent à l'ombre des arbres
L'extase de leurs groupes blancs.

La Pudeur, infante ingénue,
Se voile la tête et s'endort;
Et Vénus, au sein de la nue,
A dénoué ses cheveux d'or.

XVII

ANTITHÈSE

I

DANS la cité, vieille verrue
Qu'à sa peau garde encor Paris,
Est tapie une étroite rue
Aux toits délabrés et pourris.

Sur leurs tuiles que le temps brise
Le soleil n'a jamais brillé ;
Jamais n'a soupiré la brise ;
Jamais l'oiseau n'a babillé.

Un troupeau grouille en ces tanières
D'hommes, de femmes en commun,
Qui jamais des fleurs printanières
N'a respiré le doux parfum.

Un enfant maigre, au regard morne,
Dans ses haillons est accroupi.
Un autre, grimpant à la borne,
Tombe dans le ruisseau croupi.

L'homme est courbé sur son ouvrage ;
L'aïeule grelotte et gémit ;
La mère, à tous criant courage,
Presse en vain son sein qui blêmit.

La pierre a des plaintes funèbres.
Tout est triste et hideux ; enfin,
Tout est horreur, tout est ténèbres ;
Tout dit : j'ai froid ! tout dit : j'ai faim !

En gouttes d'eau fétide et vile,
La haine suinte de ces murs.
Vienne un jour la guerre civile,
Ceux-là pour l'émeute sont mûrs !

II

Le théâtre est rempli jusqu'au faîte. La foule
Bruit, comme une mer sous le vent qui la houle.
Sur tous les fronts la joie éclate, et tous les yeux
Aux éclairs du plaisir s'allument radieux.
Mille grappes de fleurs, se tordant aux balustres,
Flétrissent leurs couleurs à la flamme des lustres.

Sur la neige des seins tremblent les diamants ;
Aux doigts blancs effilés, autour des cous charmants,
Frissonnent les colliers, étincellent les bagues,
Trésors pris à la mine ou dérobés aux vagues.
Appuyant leurs bras nus au velours nacarat
De leurs loges, boudoirs et trônes d'apparat,

Les femmes, se penchant curieuses et belles,
Semblent sortir de flots de soie et de dentelles.
Et, d'en bas, un murmure, à ces reines des sens,
D'éloges et de vœux élève son encens.
Marquises, financiers, diplomates, duchesses,
Que de grâces, d'orgueils, de gloires, de richesses!
L'œil ébloui, s'étonne en les comptant encor.
Rien que dans les cheveux, que de bijoux et d'or!

L'orchestre a modulé son prélude. Silence!
La mélodie ailée et légère s'élance........

Rossini! Rossini! chanteur aimé des dieux,
Verse ta symphonie à flots mélodieux!
Musiciens, bercez d'une ivresse profonde
Les maîtres de la terre et les heureux du monde!

Riche oisif, accablé de ton bonheur trop lourd,
Si tu n'es pas aveugle et si tu n'es pas sourd,

Ose enfin regarder ! Que vois-tu ? Des misères !
Ose écouter enfin ! Qu'entends-tu ? Des prières !
Balthazar indolent, n'as-tu jamais songé,
Pendant que tu jouis, dans le luxe plongé,
Que des êtres humains, dont l'âme est immortelle
Comme la tienne, sont là, parqués pêle-mêle,
Sans air, sans feu, sans pain, dans l'infect cabanon !
N'as-tu songé jamais à ces choses sans nom ?
Puissant, n'as-tu jamais songé que Dieu se lasse,
Que la haine fermente en ces cœurs et s'amasse,
Qu'un volcan peut tonner et s'ouvrir sous tes pas ?

Le peuple y songe trop, si tu n'y songes pas !

XVIII

A PROPOS D'UN ROMAN DE THÉOPHILE GAUTIER

Lorsque tu lis ce conte étrange,
Écrit avec la plume d'or
Arrachée à l'aile d'un ange,
Je voudrais te voir, quand tout dort.

Les cheveux dénoués, plus belle,
Pâle des frissons du plaisir,
Noyant l'éclair de ta prunelle
Dans l'infini de ton désir!

Lorsque, dans ta main fine et blanche,
Tu reposes ton front brûlant,
Et que ta chemise à la hanche
Glisse et met à nu ton sein blanc ;

Dis, à ces heures solitaires
Que le bonheur vient iriser,
Quand ton sang bout dans tes artères,
Quand ton cœur bat à se briser ;

Alors quel penser te tourmente ;
Quel Dieu puissant? quel doux émoi ?
Pendant cette langueur charmante,
A qui rêves-tu, dis-le moi ?

De ta bouche serrée, avide,
Quel nom sort et siffle en courant ?
Enfin, qui cherchent, dans le vide,
Ton œil éteint, ton bras mourant ?...

Je suis ivre ! Ardentes envies !
Délire inapaisé toujours,
O voluptés inassouvies
De mon cœur vierge encor d'amours !

Rugissez ! roulez votre lave
Dans mes veines en fusion !
Si j'étais le maître et l'esclave
Qu'appelle ainsi ta passion ,

Pouvoir, t'embrassant d'une étreinte,
M'éblouir de tous tes trésors !
D'attente, d'espoir et de crainte,
Sentir palpiter tout ton corps !

Attacher ma lèvre à ta lèvre
Dans un baiser d'éternité ,
Boire la folie et la fièvre
Dans la coupe de ta beauté !

Et, sous l'aiguillon des caresses,
Hurler grâce et bondir lassés !
Epuiser toutes les ivresses;
Nous tordre et mourir enlacés !

XIX

CHANSONNETTES

I

O le joli mois de mai,
Embaumé
De fleurs jeunement écloses !
Salut, cher mois des beaux jours,
Des amours,
De la pervenche et des roses !

L'oiseau gazouille au buisson
Sa chanson,
Pleine de coquetterie.
L'aubépin poudre à nouveau
Le coteau,
Blanc de sa neige fleurie.

Au corsage mordoré,
Adoré,
L'insecte dans l'herbe rôde,
Et tout à coup, comme un fol,
Part au vol
De ses ailes d'émeraude.

La cigale court sautant,
Répétant
Sa note ivre de rosée ;
L'air est embrasé d'ardeurs,
Et d'odeurs
La plaine est tout arrosée.

Chaque jour au front pâli
Creuse un pli.
Sans espoir qu'elle renaisse,
Ne croyant qu'à nos désirs,
En plaisirs,
Dépensons notre jeunesse!

II

Le chœur des Grâces, l'autre soir,
Au clair de lune,
Dansait. Je vins proche m'asseoir,
Quand, vive, l'une

Accourut, délaissant pour moi,
Le chœur folâtre.
Je voyais frissonner d'émoi
Son sein d'albâtre.

Elle dit : Si tu suis, enfant,
Ma fantaisie,
Je te donnerai, triomphant,
La Poésie !

Elle me promit, en m'aimant,
Gloire éternelle ;
A mon tour, je lui fis serment
D'être fidèle.

Son cœur au mien s'était lié !
Mensonge infâme !
Elle a déjà tout oublié.
C'est une femme !

XX

OLIVIER BASSELIN

O chantre du cidre orangé,
Dans la cave avec soin rangé,
O vieil ivrogne !
Toi qui, n'ayant jamais bu d'eau,
Enluminais de vin nouveau
Ta rouge trogne ;

Toi qui n'as jamais roucoulé
Des soupirs d'amour ampoulé

Si monotones,
Et qui, des Anglais en fureur,
Avant tout, voulais, bon buveur,
Sauver les tonnes ;

Toi qui n'aimais ni les débats
De justice, ni les combats,
Non plus la gloire,
Et qui préférais au guidon
Le lierre et l'if de la maison
Qui donne à boire ;

Toi qui chantais mieux en buvant,
Et qui buvais mieux en euvant
Ta mélodie,
Rimeur aisé, foulon malin,
O cher Olivier Basselin
De Normandie !

Qui, sans souci du lendemain,
Trinquais, cueillant sur ton chemin
Des chants rustiques,
J'envie, Olivier, ta gaieté,
Ton charme et ta naïveté
Si sympathiques.

Franc Normand, sur mon front jaloux
Epands un peu de cidre doux,
Mousseux baptême.
Fi des dévots et des pédants !
Que la chanson rie à nos dents ;
Ami, je t'aime !

—

XXI

SAGESSE

Ma jeunesse a jeté sa lave ;
Le Plaisir s'enfuit harassé,
Et de son vieux grelot cassé,
Il ne me sied plus d'être esclave.

L'avenir paiera le passé ;
Et je veux être un homme grave.
Je prêcherai, comme un Burgrave
Majestueux et compassé.

Pour éviter les catastrophes,
Je ne veux plus dresser de strophes
A l'art, au vin, à la beauté.

Adieu les maîtresses rieuses !
Je mets un crêpe à ma gaieté.
Demain, les choses sérieuses !

XXII

QUATRE SONNETS POUR UN AMOUR

I

Tu veux savoir, ami, pourquoi de ma maîtresse,
Mes strophes, doux écho, n'ont jamais soupiré ;
Pourquoi je n'ai jamais chanté notre tendresse
Dans un hymne d'amour sur sa lèvre inspiré.

C'est qu'aux loisirs blasés de la foule traîtresse
Je ne veux pas livrer le secret adoré,
Partager ma douleur, partager mon ivresse,
Montrer à tous mon cœur heureux ou déchiré.

C'est que je ne veux pas qu'un autre que moi-même
Puisse entendre l'aveu sur sa lèvre endormi ;
C'est que je ne veux pas qu'on raille et qu'on blasphème ;

C'est qu'elle est mon bonheur, ma gloire et mon poëme ;
Et si son nom jamais dans mes vers n'a frémi,
Si je le tais toujours, ami, c'est que je l'aime !

II

Elle ne m'aimait pas ! Comme un ver qu'on écrase,
Elle broie à plaisir ma pauvre âme aujourd'hui.
Elle ne m'aimait pas, et ma crédule extase,
Hochet de son caprice, amusait son ennui.

Je fus ingrat et lâche, et lorsque ma chimère
S'enivrait à genoux de l'écho de ses pas ;
Quand j'oubliais pour elle, amis, famille, mère,
Elle ne m'aimait pas ; elle ne m'aimait pas !

On l'attendait pour une fête.
En pleurant, j'ai courbé la tête.
Rien n'a pu la fléchir, ni rien la désarmer.

Je me roulais dans la poussière:
Elle a passé riante et fière.
Oh ! que la vie est belle et qu'il est doux d'aimer !

III

Je ne veux pas sur cette femme,
Qui m'a trompé, cracher l'injure et le dégoût.
L'aurais-je, ô mon ami, moins aimée après tout,
Quand elle serait plus infâme !

Comme l'hymne de joie, à tous je veux encor
Taire mon sanglot inutile.
L'autel où je priais était de marbre et d'or,
Si la déesse était d'argile.

Ne m'eût-elle aimé qu'un seul jour,
Je veux respecter mon amour,
Tombé du ciel, pauvre cher ange ;

Il est remonté dans l'azur,
Toujours radieux, toujours pur.
Mes larmes ont lavé la fange.

IV

Enfant, vous étiez noble et bonne ;
On vous apprit jeune à trahir.
J'essaie en vain de vous haïr ;
Mon cœur vous plaint et vous pardonne.

Soyez heureuse ! Je vous donne
Un adieu, dernier souvenir ;
Madame, au douteux avenir,
Seul, aujourd'hui je m'abandonne.

Notre amour est enseveli.
Le bon Dieu versera l'oubli
Sur ma plaie encor mal fermée.

Il sait combien je vous aimais.
Si vous pouvez aimer jamais,
Puissiez-vous toujours être aimée !

XXIII

FLAVIO

—

FRAGMENT

Très-cher ami lecteur, et toi, belle lectrice,
Permettez-moi de vous présenter poliment
Les deux héros de mon véridique roman :
Carlotta, Flavio ; — Carlotta, cantatrice,
Au théâtre prima donna assoluta,
Et Flavio, l'amant présent de Carlotta. —

J'ai voulu des lenteurs épargner la disgrâce.
« De peur que ton exorde ait des lecteurs aigris,
Entre dans ton sujet brusquement, » dit Horace;
Bon conseil, trop souvent négligé; — j'y souscris.
En quel lieu notre drame?
Au fond, c'est bagatelle,
Que la scène se passe en Chine ou dans Paris;
Je garantis d'ailleurs l'aventure fidèle.
Flavio n'a jamais menti; — la chose est telle
Qu'il me l'a racontée un soir qu'il était gris.

* * *

Le soleil se couchait derrière la montagne,
Et de ses rayons d'or empourprait la campagne.
Aux brises qui baisaient les rameaux échauffés,
Les grands bois bruissaient de concerts étouffés.
On entendait au loin, dans la plaine fleurie,
Le bruit des chariots gagnant la métairie;
Et parfois, d'un enfant attardé la chanson
Montait en l'air, bouvreuil s'envolant d'un buisson.

Nos yeux s'étaient liés. Nous nous cachions dans l'ombre,
Du silence écoutant parler la majesté :
L'Idéal nous ouvrait son pays enchanté
Et remuait nos cœurs de voluptés sans nombre.
Nous nous croyions mourir, immobiles, ravis.
Elle pencha sur moi son front blanc et je vis
Une larme à ses cils perler.

O solitude !

J'étais fou ! Mon beau rêve était épanoui.
Lorsque je l'eus quittée, ainsi que d'habitude,
Incrédule au bonheur dont j'étais ébloui,
Je ne me lassais pas de redire à moi-même
Ces mots, — lys parfumés et plus doux que le miel :
« Je t'aime, Flavio ! Mon Flavio, je t'aime ! »
Et je contais ma joie aux étoiles du ciel.

Trouble délicieux, entretiens, doux mystère,
Je ne trahirai pas votre charme vainqueur ;
Comme un avare au fond d'un enclos solitaire,
Je garde mon trésor enfoui dans mon cœur.

. . . .

. . . .

. . . .

. . . .

. . . .

Au printemps, l'an dernier, j'ai revu la campagne.
Le soleil se couchait derrière la montagne ;
Les oiseaux ramageaient, nichés dans le tilleul ;
L'air était lumineux et baigné d'harmonies ;
La brise murmurait les mêmes symphonies ;
Mais tout m'a semblé sombre et morne. J'étais seul !

. . . .

. . . .

. . . .

. . . .

. . . .

. . . .

Elle fut sans pitié. Mes regrets, ma prière,
Ma rage, les sanglots de mon cœur éploré,

Elle n'entendit rien, plus sourde que la pierre
De la tombe où repose un cadavre adoré.

Je devrais l'oublier et tout me la rappelle,
Elle emplit ma pensée ainsi qu'aux anciens jours.
Je ne puis faire un pas sans m'écrier : C'est elle !
Je crois la voir encore et l'entendre toujours.

Sans cesse elle apparaît, belle d'ignominie,
Comme un démon railleur de mes jours torturés ;
Et son pâle fantôme, en mes nuits d'insomnie,
Répète à mon chevet les serments parjurés.

En vain je la repousse ; elle revient — qu'importe ? —
Spectre de mon passé hantant mon avenir,
De ma mémoire, hélas ! je ne puis la bannir ;
Et poursuivi partout, épouvanté, j'emporte
Le remords de son souvenir.

. . . .

. . . .

. . . .

. . . .

. . . .

. . . .

. . . .

. . . .

. . . . Ainsi
Carlotta, tu mentais ! A quoi bon ? quelle force
T'y poussait, sacrilége ? et ne pouvais-tu pas,
A ma crédulité sans jeter cette amorce,
Sans blasphémer l'amour, m'écarter de tes pas !
Il te fallait quelqu'un, — fût-ce un bouffon frivole,
Qui, charmant les soucis de l'heure qui s'envole,
Animât ta paresse et ton esprit glacé ;
Tu m'as pris, et puis ton caprice m'a chassé !
C'était un jeu ! C'est bien ! A cette heure voilée,

Où chantaient nos aveux dans la brise étoilée,
Tu te moquais encore, et quand je t'écoutais,
Aspirant ta parole et buvant ton sourire,
Ton sourire était traître et dupeur ton délire;
Et lorsque tu disais : « Je t'aime ! » tu mentais !
Tu mentais ! O Plaisir ! masque trompeur, ivresses,
Baisers, frémissements, infernales caresses,
Souvenirs abhorrés, fuyez-moi pour jamais !
Je ne fus pas heureux, Carlotta, tu mentais !

Oh ! puisque par l'ennui seul tu fus entraînée,
A moi tu t'es vendue et ne t'es pas donnée !
Nous avions fait tous deux ce marché singulier ;
Tu l'as rompu ; j'aurais pu rompre le premier.
Nos comptes sont égaux. T'ai-je pas égayée,
Charlotte ? et, mieux que l'or, mes larmes t'ont payée.

Tes sens ont convoité ; ton cœur n'a pas battu ;
Tu ne m'as pas aimé ! Mais cet aveu de flamme,

Eclos dans un baiser, comme une fleur de l'âme.
Si tu ne m'aimais pas, pourquoi le disais-tu ?
Si tu ne m'aimais pas, pourquoi tes yeux humides,
Tes désirs révoltés et tes plaintes timides,
De volupté pâlie et rose de pudeur,
Pourquoi frissonnais-tu d'une molle langueur ?
Pourquoi ces mots mourants et ces lambeaux de phrases
Qu'à la lèvre brûlante arrache le bonheur,
Ces soupirs et ces cris entrecoupés d'extases ?
Pourquoi, comme un oiseau, tremblais-tu dans mes bras,
Et pourquoi pleurais-tu, si tu ne m'aimais pas ?
Je te hais ! je te hais ! — non pour ta foi reprise,
Ni pour les pleurs que j'ai versés, je te méprise, —
Mais parce que je vois et sens, muet d'effroi,
Mon cœur vide et béant, comme un sépulcre froid ;
Parce que j'ai perdu, châtiment légitime,
La confiance sainte et naïve et l'estime,
Le sommeil embaumé de fraiches visions,
Le cortége fleuri de mes illusions.

À moi la honte !

Au nom de mon âme, tuée
Au souffle amer de ta lèvre, ô prostituée ;
Au nom du désespoir qui me ronge et m'abat ;
Au nom de ma jeunesse éteinte sans éclat,
Et par ton souvenir salie et profanée,
Et de toute ma vie au doute condamnée ;
Au nom de ces bonheurs dans un rêve entrevus,
Et que sur mon chemin je ne trouverai plus,
O toi, dont m'abusait la tendresse hypocrite
Dans le dernier baiser et le dernier adieu,
O fille sans pudeur, Carlotta, sois maudite,
Maudite de ma mère et maudite de Dieu !

⚜

Parfois dans une foule, une louve à l'œil rouge
Se rue, et furieuse et le poil hérissé,
Trouvant sur son passage un enfant insensé,
L'emporte en rugissant de plaisir dans son bouge.

O Débauche, c'est toi la louve à l'œil ardent,
Monstre aux flancs décharnés, par les villes rôdant,
Qui, lorsque ta victime est morte et diffamée,
Cours sur une autre proie, — éternelle affamée! —
Est-ce l'ordre fatal ? et faut-il que chacun,
Du foyer paternel oubliant le parfum,
Laisse, usant sa jeunesse à des amours profanes,
Le meilleur de sa vie aux dents des courtisanes!

Du héros de ce conte il n'est plus rien, sinon
Qu'un peu de boue, hélas! sous un tombeau sans nom.
Quant à la Carlotta, sa fin est très-austère :
S'ennuyant un beau jour d'être célibataire,
— Le temps ayant fané la fleur de son panier, —
Elle s'est convertie, et, depuis l'an dernier,
En Normandie, elle est épouse d'un notaire.
Elle habite l'hiver sa province, et, l'été,
Se promène à Paris, quand s'ouvre la vacance.

Elle veut un enfant et fait en conséquence.
On la cite pour sa table et sa piété ;
Elle sera demain dame de charité.

C'est une triste histoire et je n'ai pu l'écrire
Ainsi qu'il eût fallu ; mais le siècle aime à rire
Après ses jeux de bourse, et je ne voudrais pas
De mes contemporains assombrir les repas.
Or, la moralité de cette fantaisie
Lugubre, la voici nue et sans poésie :
C'est de ne pas tenir l'amour comme un serment,
De s'inquiéter peu si la femme vous ment,
Mais si sa gorge est ronde et sa taille jolie.
Si ses baisers sont doux, tout le reste est folie.
Quand vous découvririez qu'elle a du cœur, — après?
Qu'en feriez-vous ? Parbleu ! mieux est de boire frais,
Et de n'engendrer pas de la mélancolie !

XXIV

A MES AMIS

O l'heureux temps, amis, que celui du collége !
La balle qui s'élance et bondit dans les cours,
La palme verte, orgueil et noble privilége,
Et les pensums trop longs et les dîners trop courts !

La charmante saison que celle des amours,
Quand des illusions l'insoucieux cortége
Gazouille, et lorsqu'en mai la vierge au sein de neige,
Qui trahira demain, jure d'aimer toujours !

Ces choses ne sont plus. Le siècle nous entraîne ;
Et nous avons, chacun, marché notre chemin.
Où sont les ris, les jeux et la gloire prochaine ?

A travers le passé je vous serre la main,
Et vous dédie, amis, ces rimes buissonnières,
Comme un ressouvenir des heures printanières.

TABLE

—

www.ingramcontent.com/pod-product-compliance
Ingram Content Group UK Ltd.
Pitfield, Milton Keynes, MK11 3LW, UK
UKHW021202220726
13924UKWH00003B/1268

9 782019 221126